Adolphe Ouimet

L'affaire des messires Cazeau et Paquette

Antigonos

Adolphe Ouimet

L'affaire des messires Cazeau et Paquette

Réimpression inchangée de l'édition originale de 1872.

1ère édition 2024 | ISBN: 978-3-38817-366-5

Antigonos Verlag est une marque de Outlook Verlagsgesellschaft mbH.

Verlag (Éditeur): Outlook Verlag GmbH, Zeilweg 44, 60439 Frankfurt, Deutschland, info@outlook-verlag.de
Vertretungsberechtigt (Représentant autorisé): E. Roepke, Zeilweg 44, 60439 Frankfurt, Deutschland
Druck (Imprimerie): Libri Plureos GmbH, Friedensallee 273, 22763 Hamburg, Deutschland

MESSIRES CAZEAU ET PAQUETTE.

Nous avons reçu tout dernièrement de Québec la lettre suivante :

M. le Rédacteur,

Je vous adresse, avec cette note, copie du mémoire des théologiens de Québec, qui fait la préoccupation de la presse. Qui a pris sur soi de rendre ce mémoire public ?

Je n'en sais rien. Il est public, je l'ai lu ici à Québec, et j'ai pu en prendre copie.

Il est aussi à Montréal ; le *Nouveau-Monde* a nommé les personnes qui l'ont eu en leur possession et celles qui, sans l'avoir, l'ont lu.

On m'a assuré, à Québec, que le mémoire envoyé à Montréal par Sir Narcisse Fortunat Belleau n'est qu'un extrait considérable de celui présenté aux Evêques et que je vous envoie, aussi que le dit mémoire est l'œuvre de l'Université Laval.

Néanmoins, il a été donné pour l'œuvre de théologiens québecquois, c'est comme cela qu'il faut le prendre.

Ce serait rendre service à la bonne cause que de le publier.

Vous n'avez pas besoin de la permission des Evêques, puisqu'il est aujourd'hui entre les mains de plusieurs laïques qui le font lire à leurs amis.

Votre dévoué serviteur et ami,

UN ULTRAMONTAIN.

Québec, 25 juillet 1872.

Nous nous rendons bien volontiers à la demande qui nous est faite. Nous prenons sur notre pleine et entière responsabilité la publication de ce mémoire ayant pour titre :

Réponses de quelques thé logiens de Québec aux questions proposées par Mgr. de Mont éa' et Mgr. de Rimouski ; lesquelles doivent être discut'es par les Evêques de la Province ecclésiastique de Québec, d ins leu assemblée du mois d'Octobre 1871.

Nous n'avons, pour le faire, la permission d'aucun prélat, pas même celle de notre vénérable et digne Evêque.

D'ailleurs, pourquoi cette permission ? Ces réponses, ici en tout, là en partie, sont déjà entre les mains des laïques !

Celui qui a pris soin de les communiquer le premier est un grand coupable, ceux qui en ont fait l'extrait (1) que Sir N. F. Belleau a envoyé à Montréal sont des indiscrets et nous avons tout lieu de croire que les Evêques, principalement Mgr. l'Archevêque, feront une enquête afin de connaître le premier coupable.

Mais aujourd'hui que ces Réponses courent les bureaux publics, que les curieux font queue aux abords de notre Palais de Justice pour en prendre communication entre les mains de *certain juge* et autres, et qu'on s'en sert contre l'école ultramontaine comme d'une arme (2) nous sommes en plein droit de les faire connaître, de les réfuter et de les stigmatiser.

Il est bon que l'on sache un peu ce qui se fait dans l'ombre contre nous, les moyens qu'on emploie pour rui-

---

(1) C'est en confron ant ie mémoi e envoyé à Montréal par Sir N F. Pelleau (mémoire dont nous avions copie et qui dev ait, d'après notre dé i-ion, recevoir les honneurs de la publication) et celui que nous avor s eu la bonne fortune de recev ir et que nous publions aujourd'hui, que l'on verra que le premier n'est qu'un extrait du second. (*Note Editoriale.*)

(2) Ancien f sil à pierre et non *à Pierre*, communément apre'é f sil sans plaque ou *gallicanisme*. Dernièr es annotations l éll es de Bes herelle couvertl, au retour de sa prom nade à l'In lex. (*Note Editoriale*)

ner notre caractère et les dénégations (1) qu'on nous oppose.

Comme on le verra par le titre et le sous-titre de ce document gallican, le *Nouveau-Monde* pouvait bien être autorisé à en attribuer la paternité à M. le Grand Vicaire Cazeau et à M. Paquette.

En effet le titre se lit : " Réponses de quelques théologiens de Québec aux questions proposées par Mgr. de Montréal et Mgr. de Rimouski, etc. "

Or, MM. Cazeau et Paquette, comme ils l'admettent eux-mêmes dans leur lettre adressée au Rédacteur du *Nouveau-Monde*, en date du 9 juillet 1872, faisaient parti, en Octobre 1871, d'une commission théologique.

Etaient-ils alors les théologiens reconnus de Mgr. l'Archevêque ? Tout nous le fait supposer et nous porte à le croire.

Néanmoins, quelqu'en soient les auteurs, que ce soit Pierre ou Jacques, que ce soit tel ou tel professeur de l'Université-Laval qui ait préparé ces *ré onses*, il faudra toujours admettre qu'elles ont été présentées aux Evêques comme étant l'opinion de quelques théologiens de Québec, c'est-à-dire d'hommes ayant la haute confiance de leur Archevêque, car il est nécessaire qu'un Archevêque ait toute confiance en la pureté de doctrine de ses prêtres, pour les consulter sur les sujets les plus graves.

D'où il faut conclure que ces réponses (étant gallicanes) la confiance de Mgr. l'Archevêque repose sur des gallicans.

Est-ce logique cela ?

---

(1) Nous venons d'en lire une venant de haut et qui aura le sort de tomber bien bas : car la Providence, qui protége visiblement les défenseurs de la vérit , nous a rendu possesseur, il y a déjà assez longtemps, des pièces justificatives nécessaires au maintien de certaines affirmations d'une nature extrêmement grave. Toutefois, il faudra attendre ; nous n'avons pas qu'une affirmation à prouver ; mais que l'on prenne patience, nous accomplirons validement la noble tache que nous a imposé le devoir, et l'amitié sera vengée des souillures jetées sur sa réputation. En effet, la justification viendra à son heure marquée et elle sera éclatante. (*Note Editoriale.*)

Pour nous, nous n'accusons pas Messire Cazeau et Paquette d'être les auteurs des *Réponses en questions.*

Nous nous bornons à dire : dans leur première réponse au *Nouveau Monde*, Messires Cazeau et Paquette ont reconnu avoir fait l'office de théologiens à l'assemblée des Evêques en octobre 1871.

Ces dites réponses sont de quelques théologiens de Québec ; or, nous ne voyons d'autres théologiens de Québec à cette assemblée que MM. Cazeau, Paquette et peut-être Messire Racine, chapelain de l'Eglise St. Jean en cette ville ; donc il est probable, très probable, plus que pro bable, que les auteurs des dites réponses sont ou Messires Cazeau, Paquette et Racine, ou Messires Cazeau et Racine, ou Messires Racine et Paquette, ou enfin Messires Cazeau et Paquette seuls.

Dans leur seconde lettre, MM. Cazeau et Paquette disent que Sa Grâce l'Archevêque ne reconnaît nullement la compétence des journaux et du public pour juger des questions renfermées dans ce document. Mgr. l'Archevêque a dû être mal compris des deux illustres abbés.

En effet, nous ne voyons dans ce document aucune question qui ne soit résolue d'avance soit dans les lois, soit dans la théologie ou le droit canon.

Les questions de théologie et de droit canonique sont de la compétence de tous ceux qui connaissent le droit-canon et la théologie, seraient-ils même journalistes, pourvu qu'ils bâsent leurs jugements sur les décisions des Papes ou des Conciles sanctionnés par le St. Siége.

On dira peut-être (ce qui serait faux) que ces questions ne sont pas décidées. Mais alors si elles ne sont pas décidées, elles sont donc libres et par conséquent de la compétence des journalistes et autres comme des Evêques. Seulement, pas plus ces derniers que les premiers n'ont le droit de les fixer en dernier ressort ; ce suprême et dernier droit n'appartenant qu'au Pape seul.

Les Evêques en concile ont, il est vrai, des lumières particulières, mais il leur faut toujours recourir à l'autorité qui sanctionne infailliblement, c'est-à-dire au Pape.

Quant aux questions du *pur domaine* de l'histoire et des lois civiles, comme par exemple : savoir en quelle année les paroisses ont été érigées, quand ont été érigées les fabriques, quels étaient les notables, la formule légale de l'enregistrement d'une naissance, et relativement à d'autres questions qui ne touchent point à la théologie et au droit canon, nous espérons que Mgr. l'Archevêque, qui est si *libéral*, n'entend point nous interdire le droit de les discuter et de les juger.

Adolphe Ouimet.

2a

REPONSES

DE

QUELQUES THEOLOGIENS DE QUEBEC

AUX QUESTIONS PROPOSÉES PAR

Mgr. DE MONTREAL ET Mgr. DE RIMOUSKI

Etc., Etc., Etc.

Lesquelles doivent être discutées par les Evêques de la Province Ecclésiastique de Québec dans leur assemblée du mois d'octobre 1871.

--------- •••• • ---------

Question I.—Qu'est-ce qui constitue la paroisse organisée pour des fins religieuses ?

Réponse.—La paroisse ainsi organisée suppose plusieurs *dispositifs* dont les principaux semblent être les suivants : 1o. Délimitation de territoire par autorité religieuse compétente ; 2o. Nomination d'un recteur chargé de desservir *in divinis* les personnes attachées à ce territoire, etc., (Vide *Ferraris Vido Parochia No.* 3) et duquel seul ces personnes reçoivent licitement les sacrements (Trid. XXIV, 13).

(D.D. de Angelis) " Certa alicujus d accesis ecclesia habens populum certis limitibus, auctoritate ecclesiastica circumscriptum et certum rectorem a quo sacramenta et verbum divinum, aliâ que spiritualia ministratur."

Le Concile de Trente (XXIV. 13) dit que le peuple doit être partagé en *paroisses certaines et propres,* mais il ne dit pas que cette division doive se faire essentiellement par la division du territoire, elle peut se faire aussi par familles, ou par langues, comme cela se fait quelquefois, le partage est nécessaire, le mode peut varier.

(Can. un. Cans. 13. q 1, Vide. Conc. Trid. XXIV. 13, de Ref. Bouïx du *Pa·ocho,* pag. 12, 13 et pag. 174 ubi ex professo tractat de essentia et definitione parochiatus.)

Question II.—La paroisse, dans son origine, n'est-elle pas essentiellement ecclésiastique et reconnue comme telle par l'autorité civile ? (1)

Réponse.—Il est hors de doute que les premières paroisses ont été érigées par l'autorité ecclésiastique. Le christianisme, depuis la prédication des apôtres jusqu'à Constantin, n'eut d'autres lois que celle de l'Eglise (2).

Sous les Empereurs Chrétiens on ne voit aucune loi civile relativement aux paroisses ou à leur érection.

Quand les Francs s'établirent dans les Gaules, le christianisme y était déjà florissant, il avait ses évêques, ses paroisses et les rois de France devenus chrétiens laissèrent le pouvoir spirituel régler seul tout ce qui intéressait la religion, se bornant par leur législation à prêter la force du pouvoir civil à l'exécution des lois de l'Eglise.

Chaque Evêque dans son diocèse érigeait les nouvelles paroisses qu'il jugeait nécessaires, sans l'intervention de l'autorité civile. Ainsi en fut-il dans l'origine. Mais un usage dont on ne peut indiquer le commencement, introduisit la confirmation de l'érection des paroisses par Lettres Patentes du Souverain, pour leur donner les effets civils.

La première loi sur cette matière est l'art. 16 de l'Ord. d'Orléans de Janvier 1560, suivie de l'Ord. de Blois, art. 22 de 1579, de l'Edit de Melun 1606, art. 27 de l'Ord. de Janvier 1629. Art. 11 et enfin de l'Edit d'Avril 1695 Art. 24, qui décrète :

" Les Archevêques et Evêques pourront, avec les solen-

---

(1) Cette question peut être considérée 1o. historiquement, 2o. formellement.

(2) Boulx de Par. page. 16, Propositio : Prioribus Ecclesiæ sœculis nullus in mundo extitit parochus, ' pag. 22 Parochiæ rurales 4o. circiter cœculo constitui cœperunt. pag. 23, ante annum 1000 nulla in civitatibus extitit parochia (Roma forto et Alexandria except) pag. 79 Parochos esse institutionis duitaxat ecclesiosticæ, nec divinæ, nec apostolicæ.

" nités et procédures accoutumées, ériger des Cures dans
" les lieux qu'ils estimeront nécessaires."

(3 Vol. Mem. du clergé pag. 10 et suivantes) Jousse,
dans un commentaire sur cet Edit. 1 (.Vol. pag. 141) dit :
" Sur le décret canonique il faut obtenir les lettres paten-
" tes du Roi, pour le confirmer, ainsi qu'il se pratique à
" l'égard de l'union des Cures."

De plus il fallait que les lettres patentes fussent homo-
loguées par la Cour du Parlement de la Province.

Telle était la jurisprudence en France, et cette jurisprudence a été introduite en la Nouvelle-France par l'Edit
de 1663, qui a établi le gouvernement civil.

La première paroisse érigée en Canada est celle de Notre-Dame de Québec, le 13 Sept 1664, quant à sa partie
intra muros ; l'autre partie n'a été érigée civilement que
par l'arrêt du Conseil du Roi du 22 mars 1722. Cependant,
dès 1721, les desservants de Québec y prennent le titre de
Curés (Archives de la Cure de Québec).

Avec les progrès de la Colonisation il fallut naturellement faire desservir les colons éloignés de la ville par des
missionnaires ou des prêtres résidents.

Ce n'est qu'en 1721, que le Roi ordonna au Gouverneur,
à l'Evêque de Québec et à l'Intendant qu'il nomma à cette
fin, de déterminer et fixer l'étendue de chacune des paroisses.

L'arrêt du Conseil du Roi est comme suit : " Le Roi
" s'étant fait représenter par son Conseil, le règlement qui
" a été fait le 20 de Septembre dernier, par le Sieur de
" Vaudreuil, Gouverneur Général, le Sieur Evêque de
" Québec, et le Sieur Bégon (Intendant) pour déterminer
" le district et l'étendue de chacune des paroisses de la
" dite Nouvelle-France ; auquel règlement il a été procé-
" dé par eux sur les procès verbaux de *Commodo et incom-*
" *modo* qui ont été dressés par le *Sieur Collet, procureur-*
" *général de Sa Majesté au Conseil Supérieur de Québec,*
" le 30 janvier et les jours suivants, et Sa Majesté esti-

" mant nécessaire pour le bon ordre et jusqu'à ce que la
" dite Colonie soit suffisamment établie pour y ériger de
" nouvelles paroisses, d'ordonner l'exécution du dit Ré-
" glement : " Vu les dits procès-verbaux, ouï le rapport
" et tout considéré, Sa Majesté...... a *approuvé, confirmé,*
" *autorisé et homologué* le dit réglement et en conséquen-
" ce ordonne qu'il sera exécuté suivant sa forme et teneur,
" nonobstant opposition quelconque, dont, si aucunes in-
" terviennent, Sa Majesté s'en est *réservé la connaissance*
" et à icelle, interdite à toutes ses Cours et juges.   Daté à
" Paris, le 3 Mars 1722,) Edits et Ordonnances du Cana-
" da, Vol. I. p 443, Edition de 1854) "

Toutes les paroisses existant en 1759 ont été érigées par cet arrêt.   La partie de la paroisse de Québec *intra muros* et celle de Montréal *en dehors de la ville*, ne se trouvent point parmi les paroisses érigées par l'arrêt de 1722, elles avaient sans doute reçu antérieurement l'approbation du Gouvernement Civil.

Depuis 1759 à 1791, aucune paroisse civile ne parait avoir été formée.   On doutait s'il existait sous la nouvelle organisation des pouvoirs civils, une autorité qui pût donner aux nouvelles paroisses canoniques la confirmation civile.

Pour mettre fin à ces doutes, le Conseil Législatif, la Législature de cette époque, fit l'Ord. 31, Geo. III, Chap. VI. Le préambule, après avoir déclaré l'existence des doutes...... et la *nécessité de faire connaître les lois, usages et coutumes* à cet égard, décrète : Chaque fois qu'il sera
" *expédient de former des paroisses et de construire des*
" *églises......* on suivra la même procédure que celle suivie
" avant la *conquête*, et requise par les lois, usages et cou-
" tumes en force et en usage à cette époque ; et l'Evêque
" de l'Eglise Romaine, pour le temps d'alors, aura et exer-
" cera les droits de l'Eglise du Canada pour les fins ci-
" dessus ; et tels droits de *la Couronne de France exercés*
" *par l'Intendant et le Gouverneur-Général de cette époque*

" *seront considérés comme appartenant au Gouverneur pour*
" *le temps d'alors.*"

En d'autres termes, cette loi transfère au Gouverneur représentant la Couronne d'Angleterre, les droits que le Roi de France possédait et exerçait par l'entremise du Gouverneur et de l'Intendant.

Cet acte contenait plusieurs omissions auxquelles le Parlement du Bas-Canada rémédia par le Statut 34, Geo. III, Chap. VI. Sec. 8, amendé par l'Ordonnance du Conseil spécial, 2 Vict. (3 Session,) Chap. 29, Sec. 2, 3, 4.

Toutes ces lois ont été refondues dans le Chap. 18, des *Statuts Refondus du Bas-Canada*, pag. 113. Voir la Sec. 8 pour l'érection canonique et pour l'érection civile, la Sec. 10.

Cette dernière loi ne fait que reproduire les principes affirmés par la législature antérieure.

La législation provinciale, tout en maintenant les errements de l'ancien droit du pays et en conservant à l'autorité ecclésiastique le droit exclusif de prendre l'initiative dans l'érection des paroisses conformément aux dispositions du droit canonique, a aussi conservé au Gouvernement civil le droit que possédait le Roi de France, de donner, par son approbation, à la paroisse canonique les effets civils, a remplacé les lettres patentes et leur homologation par les Cours du Parlement, sous le régime français, en y substituant un rapport approuvant le décret canonique de l'Evêque fait par des Commissaires agissant comme délégués du Gouvernement, et une proclamation émise par le Lieutenant-Gouverneur confirmant ce rapport. La paroisse ecclésiastique comme paroisse, n'existe pas en droit civil, pas plus que la paroisse civile comme corporation.

Question III.—Les paroisses érigées par la seule autorité ecclésiastique, ne sont-elles pas, en droit canadien, de véritables paroisses ? Le Curé n'y a-t-il pas droit à la perception de la dîme, aux régistres dits de l'Etat civil, et la fabrique n'y existe-t-elle pas de plein droit ?

Réponse.—Les paroisses érigées par la seuie autorité ecclésiastique n'ont jamas été considérées et ne sont pas, en *droit canadien,* de véritables paroisses dans l'acception du mot, ni dans le droit français, ni dans notre droit. Cela ressort évidemment de la législature provinciale, sur cette matière ; pour donner aux paroisses canoniques les effets civils, v.g.., administration des Corporations laïques appelées fabriques, pouvoir aux fabriciens de contracter et de s'obliger pour et au nom de la Corporation dont ils sont les mandataires, tenue légale des régistres de l'Etat civil.

L'effet seule de l'émission de la proclamation civile érigeant une paroisse civilement, donne le droit à la paroisse de procéder à l'organisation de la Fabrique, au curé le droit de tenir les régistres de l'Etat civil dont les actes font loi devant tous les tribunaux de Justice de la Province et même à l'étranger.

Le *curé* d'une paroisse canonique a droit aux dîmes d'après les lois qui règlent cette matière en cette Province ; il en est de même du simple missionnaire.

Edits. et Ord., Vol. I, p. 26, 231. 305, et aussi Vol. II, p. 133, 139, 513, 516, 518, et Vol. III, p. 174, 175.

Il ne faut pas oublier que les paroisses n'ont été érigées qu'en 1722, longtemps après les lois sur les dîmes en la nouvelle-France. · Voir Actes Impériaux 14, Geo. III, Chap. 81, 83, Geo. III, Chap. 31, qui confirment généralement le droit du clergé catholique de percevoir la dîme, droits et dûs accoutumés (ces deux Statuts se trouvent en tête des Statuts Refondus du Canada.)

Le Curé d'une paroisse canonique peut tenir Registres de Mariages, Baptêmes et Sépultures, conformément aux dispositions du droit canonique, mais ces régistres n'ont aucune authenticité et ne font point preuve par eux-mêmes en matières qui se rattachent au droit civil ; l'authenticité des Registres de l'Etat civil leur est conférée par les lois civiles qui règlent le mode et les formalités requises dans la tenue de ces régistres et détermine les personnes qui les peuvent et doivent tenir.

Dans l'origine il ne se tenait aucun registre de l'Etat civil. Les Conciles ordonnèrent de les tenir ; mais les lois civiles qui, pendant longtemps en France, admirent comme principe *témoins passent lettres*, et permettaient la preuve par témoins en toute matière, n'en firent aucune obligation.

Les abus provenant de la preuve par témoins se firent bientôt sentir, et Loysel nous apprend que déjà de son temps le proverbe était : *qui mieux abreuve, mieux preuve.*

Pour rémédier à ces abus, le pouvoir civil régla en quel cas la preuve par témoins serait reçue et en quel cas la preuve par écrit serait nécessaire en matière civile.

Comme conséquence du principe général posé par la législation sur l'admission de la preuve testimoniale ou de son rejet dans certains cas, la législature soumit à la rédaction par écrit les actes de l'Etat civil.

La première loi à ce sujet est l'Edit de François 1er du mois d'Août l'année 1539, dont l'Art. 51, dit ; " Sera fait " registre en forme de preuve des Baptêmes, qui contien- " dra le temps et l'heure de la nativité, par l'extrait du " dit registre se pourra prouver le temps de majorité et " fera pleine foi à cette fin."

Art. 52. " Les dits registres seront signés du curé ou " vicaire-général à peine de dommages-intérêts envers les " parties lésées par la contravention des dits curé ou vi- " caire, et de grosses amendes envers le roi."

Art. 53. " Les dits curés seront tenus de remettre par " chaque année devant le greffier de la Cour la plus pro- " che les dits registres pour y être fidèlement gardés."

La seconde loi de Henri III, Mai 1579, dont l'Art. 181, dit que pour éviter les preuves par témoins que l'on est souvent contraint de faire en justice touchant les naissances, les mariages, morts et enterrements des personnes, enjoint à tous les Greffiers en chef de *poursuivre* tous les curés ou leur vicaire pour les obliger de déposer dans les deux mois, après l'expiration de chaque année, les Registres des Baptêmes, Mariages et Sépultures.

A défaut de se conformer à cette disposition, les curés ou vicaires seront tenus des frais de poursuite, et forcés à s'y conformer par la saisie de leurs revenus (leur temporel.) Les dits greffiers auront la garde des dits registres et en délivreront des extraits à ceux qui les requerront.

La troisième loi est l'Ord. de Janvier 1629, dont l'Art. 29 décrète : " Nous enjoignons à tous Curés, faire à l'ave-
" nir par *chacun an*, bons et fidèles Registres des Baptê-
" mes, Mariages, et *Mortuaires* et iceux les déposer dans
" le *premier mois* de l'année suivante (dans le cours de
" Janvier) aux greffes de nos Cours de Justice ordinaires
" les plus prochaines, à peine de 50 livres (de 20 sols) d'a-
" mende "

La quatrième loi est l'Ord. d'Avril 1667 enregistrée au Conseil Supérieur de Québec en 1678. Le titre 20, Art. 8, contient ce qui suit : " Il sera fait chaque année deux re-
" gistres de l'Etat civil en chaque paroisse.

" Chaque feuillet de ces registres du premier au dernier
" sera paraphé et cotté par le juge royal du lieu où l'E-
" glise sera située.

" L'un des registres servira de minute et demeurera
" entre les mains du Curé et du vicaire, l'autre sera
" porté au juge royal pour servir de grosse. Le coût de
" ces registres sera payé par la Fabrique avant le 31 de
" Décembre de chaque année."

Art. 9.—" L'acte de Baptême contiendra le jour de la
" naissance, les noms de l'enfant, de ses père et mère, par-
" rain et marraine. Les actes du mariage contiendront les
" noms et surnoms, âges, qualités et demeures des parties,
" s'ils sont mineurs ou majeurs et les noms de quatre té-
" moins qui auront assisté au mariage, qui signeront au

" registro et à la déclaration s'ils sont parents, de quel côté
" et à quel dégré.

" L'acte de sépulture énoncera le jour du décès.

Art. 10.—" Les actes seront entrés aux registres selon
" l'ordre des jours, à la suite, sans laisser aucun blanc et
" immédiatement. Mention sera faite de ceux qui ne peu-
" vent ou ne savent signer "

Art. 11.—" Curés et vicaires tenus de déposer dans les
" six semaines, après chaque année expirée, la grosse ou
" la minute du registre de l'année expirée."

Art. 12.— " Toute personne pourra demander soit au
" curé, au vicaire ou au greffe, des extraits des registres
" par eux certifiés."

La cinquième loi est la *déclaration* du roi, du 9 avril
1736 (Voir Repertoire de Jurisprudence, Vème Registre,
p. 587, Vol. 14.)

Cette loi n'a pas été enregistrée au Conseil Supérieur de
Québec, et par conséquent est sans force aucune dans la
Colonie, suivant la jurisprudence des arrêts de nos Cours
depuis 1759. Ses dispositions les plus importantes ont
été reproduites par l'acte du Parlement Provincial (35
Geo. 3, Chap, 4) Voir pour les françaises sur cette matière
le 5ième. Vol. des *Mémoires du clergé*, page 39 et suiv.

Aussi le 1 Vol. des Edits et Ordonnances déjà cités, (p.
43, 44 45.)

Le Parlement du Bas-Canada a fait le Statut 35, Geo. 3,
Chap. 4, qui a été remplacé par le Cap. 19 des *Statuts
Refondus* du B.-C. Ces lois, qui font que confirmer les
dispositions de l'ancien droit français, obligent les curés
à tenir des registres de l'état civil et à se conformer aux
formalités prescrites par le législateur à cet égard. Le
Code Civil du Bas-Canada n'a fait que répéter les dispositions des lois antérieures au sujet des registres de l'état
civil à quelques additions près, et leur donner une sanction
plus énergique.

Le mot *paroisse* dans les lois, s'entend seulement des paroisses approuvées par l'autorité civile ; quant aux paroisses canoniques, comme elles n'ont aucune existence en droit civil ce droit ne peut les reconnaître, ni y autoriser la tenue des régistres de l'état civil qui puisse faire preuve en justice.

Il est un principe du droit civil et du droit public, c'est qu'aucune corporation ne peut légalement exister de plein droit, pas plus les fabriques que les autres corps dans l'Etat.

La loi ne reconnaît que trois manières de créer des corporations, savoir : par acte du parlement, par charte royale, et par prescription. (Code Civil du B. C. Art. 353.)

Quant à la Corporation de la Fabrique. elle a droit d'exister par le seul fait de la reconnaissance ou érection civile d'une paroisse par le pouvoir temporel, suivant la procédure réglée à cette fin par la loi.

Question IV.—Les biens de Fabrique ne sont-ils pas des biens ecclésiastiques dont l'administration n'appartient qu'à ceux que l'Eglise a chargés du soin de les gérer, comme biens consacrés à Dieu ?

Réponse.—Il est généralement admis que dans la primitive Eglise jusqu'au 13ième. siècle, les biens qui composent ce qu'on appelle aujourd'hui Biens de la Fabrique, étaient purement ecclésiastiques et administrés par l'Evêque du lieu ou par les ecclésiastiques par lui nommés à cette fin. Ces biens étaient donnés pour le service du culte, l'entretien des ministres et pour le soulagement des pauvres.

On ne trouve rien de certain, ni de précis sur la cause et l'époque où l'administration des biens des églises de paroisse fut en France, transférée aux laïcs.

Tout ce que l'on sait, c'est que Odon, Evêque de Paris, établit en 1204, quatre marguilliers dans son église. Les conciles tenus dans le 13ième. siècle, savoir ceux d'Exter, en 1287, de Wisbourg en la même année, et celui de Lavaux en 1368, supposent tous que l'administration des fabriques est à la charge des laïcs.

Quelques années plus tard, Charles V, par son ordonnance de 1385, enjoignit aux juges séculiers de prendre connaissance des comptes des fabriques ; mais plusieurs conciles du 15e. et 16ième. siècle, entr'autres ceux de Saltzbourg et de Trente décrétèrent que ces comptes devaient être rendus tous les ans aux Evêques et Archevêques dans leurs visites, et ils n'*autorisèrent qu'à cette condition*, la nomination des laïcs dans l'administration des fabriques.

Charles IX, par ses lettres patentes du 3 octobre 1571, confirma les décrets de ces conciles et révoqua l'ordonnance de 1385.

La législation sur cette matière subit encore des modifications, mais le concile de Mayence, tenu en 1549, fixa la jurisprudence en décrétant définitivement que les revenus des fabriques seraient administrés par les laïcs, le curé devant être toujours le premier marguillier ou fabricien.

Telle fut généralement la règle suivie en France jusqu'à la *révolution*. Voir Champeaux, Droit-Civil-ecclésiastique. Vol. 1 p. 251, à la note, et Vol. 1, de Boyer, administration des paroisses, observations préliminaires.

On ne sait guère comment dans l'origine se faisait la nomination des marguilliers, ni par qui ils étaient nommés. Cependant, il paraît certain, que dans le principe, elle a dû être faite par les ecclésiastiques, au moins pendant toute la durée du règne féodal, excepté dans les communes et les villes qui avaient acheté ou reconquis leur liberté, et les communes affranchies, où les hommes étaient la *chose* du Seigneur, et par conséquent ne jouissaient d'aucun droit civil ou politique.

Des Droits civils ou politiques n'appartenaient qu'à l'homme noble ; les autres n'étaient (les clercs exceptés) que des esclaves et des vilains ; et c'est peut-être de la féodalité que provient la distinction que l'on fit plus tard entre les *notables et les artisans et autre menu peuple* dans les affaires de fabriques dont ces derniers étaient exclus.

Il est évident par les documents véridiques qu'en France, les Marguilliers furent plus tard choisis de diverses manières ; mais assez généralement dans les assemblées de paroisses. Toutefois, un individu, par le fait seul qu'il résidait dans une paroisse, n'avait pas le droit de nommer les marguilliers, s'il ne possédait certaines conditions qui variaient ainsi que le nombre et les qualités des électeurs suivant les paroisses.

En France, il n'existait aucune loi générale pour la régie des Fabriques, mais seulement des réglements particuliers dont l'autorité ne dépassait pas les territoires des paroisses, pour lesquelles ils avaient été faits.

Dans certaines paroisses, on appelait seulement les notables à l'élection des Marguilliers ; et les réglements déterminaient quels étaient ces notables.

Mais par *notables*, on n'entendait pas *tous les paroissiens*, comme on le voit par les nombreux arrêts de réglements rapportés par Jousse, dans son traité du Gouvernement des paroisses, mais dans tous on y voit avec quelle attention on empêche tous les paroissiens de prendre part à l'élection des marguilliers ou aux assemblées générales de leurs paroisses. De Boyer, (Vol. 1, p. 273) nous donne le motif de cette exclusion. Aucune loi générale, jusqu'à l'Edit de 1695, ne mentionne les *notables*. L'Art. 17 de l'Edit décrète relativement à la reddition des comptes des Marguilliers : " Enjoignons aux officiers de justice et " autres *principaux* habitants d'y assister en la manière " accoutumée."

Des termes même de cet article, il résulte que l'admission des notables ne s'applique qu'aux assemblées de paroisse pour la reddition des comptes et non pour l'élection des marguilliers ; car autrement on ne pourrait ex-

pliquer les modifications faites par les arrêts du réglement de Parlements postérieurs à cet Edit qui était une
loi générale pour tout le Royaume.

Au reste, en France, les assemblées générales, comme on
l'a vu, ne se composaient que d'un nombre limité de personnes et déterminé par chaque réglement particulier,
(Voir Jousse Gov. des Paroisses p. 122.) Il est à observer
que dans le midi de la France, régi par le droit romain,
on ne connaissait pas les marguilliers.

Les biens de fabriques étaient administrés par les mu-
nicipalités.

En résumé, il est de fait, qu'en France, pour ce qui concerne les fabriques, tout était laissé aux usages de chaque paroisse ; usages, dans certains cas, confirmés par des
réglements particuliers.—il, n'existait sur cette matière
aucune jurisprudence, aucun usage uniforme qui put former le droit commun à cet égard, surtout quant à la nomination des marguilliers.

Dans la Nouvelle-France, dès 1621, treize ans après la
fondation de Québec, on y tenait des régistres de baptêmes, mariages et sépultures.

Ces régistres étaient intitulés : " Régistres de la paroisse de Québec."

Une ordonnance de Mgr. de Laval, en date du 5 Décembre 1660, pour l'Eglise de *Notre-Dame de Québec,* contient ce qui suit : L'élection des nouveaux marguilliers
de la dite Eglise, se fera par ceux qui sont en charge et
par les anciens marguilliers .....à la pluralité des voix et
par suffrages secrets (Recueil des Ord. Synodales du Diocèse de Québec, publié en 1859, lettre M. No. 6 p. 100).

Par les documents conservés aux archives de l'Arche-
vêché de Québec, il appert que la paroisse de Québec *intra
muros* a été érigée le 15 Sept. 1664.

Il est certain, par les termes mêmes de l'Ordonnance
de Mgr. de Laval, que, dès avant 1660, il y avait des
marguilliers, puisque les anciens marguilliers doivent

avec ceux du banc faire l'élections des nouveaux marguilliers à l'avenir. Cette ordonnance établit d'une manière péremptoire que dès avant 1660, les Marguilliers étaient élus par l'assemblée des paroissiens de Québec.

Le Rituel de Québec 1703, p. 630, dit : "Nous leur interdissons (aux Curés) l'administration des biens de fabrique et *voulons qu'ils aient soin de faire élire des Marguilliers pour administrer les dits biens.*"

A Montréal, on procédait, en 1666, à l'élection des Marguilliers, dans une assemblée de paroissiens. L'Ordonnance de 1660 fut étendue par Mgr. de Laval à la paroisse de Montréal en 1676, (Baudry, Code des Curés, Marguilliers, p. 105). Le même Rituel de Québec) loi. cit.) ordonne que " L'élection des Marguilliers se fera tous les " ans, de manière qu'il en sorte un et qu'il en soit élu un " autre à sa place. Ils ne pourront être continués plus de " trois ans. On prendra soin qu'ils ne sortent tous en " même temps de charge, afin que les anciens puissent ins " truire celui qui sera nouvellement élu." (Voir aussi le recueil des Ord. Synod. déjà cité, lettre M. p. 99 et Sts.)

Tout ce qui concerne l'élection des Marguilliers, la durée de leur office, certains devoirs, la reddition de leurs comptes, a été réglé en la Nouvelle-France par l'autorité ecclésiastique, du consentement tacite ou formel du Gouvernement français. Pendant la domination française, la législation coloniale ne contient rien de contraire aux décrets de l'autorité ecclésiastique, relativement à l'élection des Marguilliers et autres matières se rattachant à l'administration des fabriques. Si ces décrets eussent été en opposition à quelque loi ou à l'usage commun des paroisses de France, il est indubitable que le Conseil Supérieur de la Nouvelle-France n'aurait pas manqué sur les conclusions du Procureur-Général, de trouver matière à *un appel comme d'abus,* comme il l'a fait pour des choses de bien moindre importance, ou bien aurait fait des réglements sur cette matière. On ne trouve dans la législation du

Conseil Supérieur, relativement aux fabriques, que l'ordonnance du 12 Février enjoignant aux Marguilliers de la fabrique de Québec d'être à l'avenir plus soigneux dans l'exercice de leurs devoirs et de se *conformer à la pratique et usage de toutes les paroisses du royaume.* Cette ordonnance fut faite sur la représentation du Gouverneur de Frontenac. Hâtons-nous d'ajouter que la dite Ordonnance ne fut pas décrétée ; les marguilliers, sans doute, eussent été fort embarrassés de se conformer à la pratique et usage de toutes les paroisses du royaume qui avaient chacune des usages et coutumes particulières et différentes (Voir 2 Vol. Edits et Ord. p. 57 et 58). Il ne faut pas oublier que les paroisses des villes de Québec et de Montréal sont les premières qui aient existé dans la Nouvelle-France ; que les Ord. de Mgr. de Laval de 1660 et 1676 ci-dessus citées, ont dû naturellement être suivies dans les paroisses qui ont été formées postérieurement à ces ordonnances qui sont devenues par l'usage, le droit commun du pays, sauf quelques paroisses relativement à l'élection des Marguilliers, et cet usage a été le droit commun du pays jusqu'en 1844, où on le mit en question dans une instance jugée par la Cour du District de Québec. (Voir 1er Vol. Revue de Législation du Bas Canada, p. 310), qui a posé en principe . 1o. que les notables avaient droit de voter à l'élection des marguilliers ; 2o. que tout paroissien était notable.

Ces deux propositions sont erronées. La *première*, parce qu'aucune loi ne l'établit, ni l'usage général du pays, et que de plus il n'est ni allégué, ni prouvé dans cette cause, que l'usage de la paroisse fut d'admettre les paroissiens ou les notables à l'élection des Marguilliers.

La *seconde* proposition contient une usurpation sur l'autorité législative qui seule a le droit de décider ce qui était entendu par *notables* et quelles personnes le sont en Bas-Canada. D'ailleurs il est assez difficile de comprendre comment il peut exister des notables dans une paroisse, lorsque tous les paroissiens sont notables. Il n'a pas été appelé de ce jugement auquel on s'est soumis partout en appelant aux élections des marguilliers, tous les paroissions. (Les paroisses de Québec et de Montréal exceptées.)

Depuis, la législature provinciale a fait quelques dispositions vagues et qui ne décident point la question, relativement aux assemblées de paroisse.

(Voir Chap. 18, Sec. 45 des Statuts Ref. du B. C.)

Question V.—D'où proviennent les formalités prescrites par nos lois, pour l'érection canonique des paroisses, afin que cette érection soit reconnue du civil ?

Réponse—Voir la réponse à la IIIe. question.

Question VI.—Les missions et paroisses érigées seulement canoniquement, ont-elles été et sont-elles reconnues au civil et pour quels objets ?

Réponse.—Voir la réponse à la IIIe. question.

Question VII.—La loi reconnait-elle le corps des paroissiens comme corporation et vrai propriétaire des biens de l'Eglise ?

Réponse.—La loi civile reconnait les marguilliers comme administrateurs des biens des fabriques des paroisses ; ces marguilliers administrateurs forment dans ce but une corporation laïque ; aussitôt qu'ils ont été nommés dans une paroisse érigée *civilement.*

Quant à la propriété des biens de la fabrique, c'est une question qui n'a pas été encore soumise aux tribunaux du pays.

En France, les biens des églises paroissiales étaient regardés comme biens ecclésiastiques quoique administrés par des laïcs. Ils ne pouvaient être aliénés que conformément aux règles qui régissent l'aliénation des biens ecclésiastiques.

" La propriété des biens donnés aux Eglises (disent les " rédacteurs du Nouveau Denisart, Vol. 1, Vo. aliénation,

" p. 42). No. 2) n'appartient, à parler exactement, ni
" aux titulaires particuliers des bénéfices, ni même aux
" communautés qui jouissent de leurs revenus. Ils n'en
" sont que les usufruitiers et les administrateurs.

" La propriété est à l'Eglise à laquelle ils ont été don-
" nés par l'Etat dans lequel l'Eglise a été reçue pour le
" bien des peuples qui la composent. "

Et au mot *Biens ecclésiastiques*, Vol. 3, p. 497, les mêmes auteurs se demandent à qui appartient la propriété
des biens ecclésiastiques?

" Cette propriéte, disent-ils de nouveau, appartient à
" l'Eglise à laquelle ils ont été donnés (Voir ci-dessus.)
" La raison qui nous fait regarder l'Eglise et l'Etat com-
" me véritables propriétaires des biens ecclésiastiques, est
" fondée sur la distinction que nous avons faite au Vol. 1
" p. 417, des différentes espèces de communautés.

" Les différentes personnes, soit *physiques* soit *morales*,
" qui forment ce que nous appelons le clergé font un
" corps du genre de ceux dont les membres ne sont pas
" réellement propriétaires des fonds qu'ils possèdent, etc.
" etc. "

Au même mot, p. 496, No. 3, ils examinent ce qui constitue un bien ecclésiastique, (aussi, même ouvrage, Vol.
8, Vo. Fabrique des paroisses, Section 1.)

D'après l'opinion des Rédacteurs du Nouveau Denisart,
les biens des Fabriques des paroisses apparticn-
draient aux Eglises des paroisses auxquelles ils ont été
donnés ou affectés, et c'est à ce point de vue que ces biens
sont considérés comme biens ecclésiastiques. Les biens
des Fabriques ne peuvent être aliénés que avec la permission de l'Ordinaire, le consentement du Roi et des paroissiens : telle était la règle et l'usage en France.

Je ne serais pas étonné, dit un savant jurisconsulte, de
voir, en Bas-Canada, si cette question se présentait, les
ribunaux de justice, décider que les biens de la Fabri-

que d'une paroisse sont la propriété des habitants de cette paroisse.

Ne voulant pas entrer dans la discussion d'une question si délicate, je me bornerai à dire que l'origine des biens des fabriques en Canada, est bien différente de celle des biens des cures, paroisses ou bénéfices en *France*, et que les règles du droit français en matière de propriété de bénéfices ne peuvent s'appliquer à notre pays, dans lequel les bénéfices n'existent pas.

Question VIII.—Comment la Législature est-elle venue à préciser certaines formalités pour la construction ou les réparations des édifices religieux, par répartition légale ?

Réponse.—La législation provinciale n'a fait que reproduire les usages suivis en France et confirmés en la Nouvelle-France par les arrêts des tribunaux. (Voir 3 Vol. Ed. et Ord.)

Question IX.—Depuis quand la loi civile oblige-t-elle les curés d'observer certaines formalités dans la tenue des registres ?

Réponse.—Voir la réponse à la IIIième. question.

Question X.—Pourquoi est-il désirable que le clergé continue à tenir les actes de l'état civil ?

Réponse.—Les Souverains Pontifes ont toujours vu avec peine qu'on enlevât au clergé le soin de tenir les Registres, et Pie VII s'est prononcé sur cette question dans des documents publics. Il est facile d'en donner des raisons.

1o. C'est l'Eglise qui dans les temps modernes a pris l'initiative de la tenue régulière des Registres et avant le 18ième. siècle on n'avait jamais songé à la dépouiller de sa longue possession. 2o. C'est une marque de confiance qui ne saurait être que très honorable pour le clergé. 3o. Cette administration multiplie les rapports des curés avec leurs paroissiens, et ne peut que resserrer les lions qui unissent le clergé aux fidèles et tend à augmenter l'influence du clergé. Aussi dans les pays placés sous le régime des concordats, le clergé nous envie-t-il ces fonctions qu'il regarde comme un vrai privilége. 4o. Cela empêche l'ingèrence du pouvoir civil dans les fonctions ecclésiastiques, et tient fermé une porte qui pourrait conduire au mariage civil.

Question XI.—La loi civile prétend-elle établir ou simplement reconnaître les Fabriques?

Réponse.—Voir à la IIIième question.

Question. XII.—Comment est-ce la loi civile qui détermine les conditions des marguilliers; et depuis quand a-t-elle commencé à régler la tenure des bancs?

Réponse.—La réponse à la première partie de cette question se trouve aux réponses III et IV. Quant à la tenure des bancs dans les Eglises, l'usage et les arrêts des parlements en France accordaient aux souls marguilliers le droit de concéder ou louer les bancs, réservant toutefois à *l'ordinaire* le droit de les faire réduire ou ôter lorsqu'ils nuisent aux cérémonies du culte (Voir 1 Boyer, pp. 167, 169, 172, aussi la déclaration de Louis XIV de Mars 1666, 3ième. Vol. des mémoires du clergé, p. 1436 — et l'Edit de 1695. Art. 16, qui décrète : " Les Archevêques et Evêques pourront, en faisant leur visite, ordonner la réduction des bancs qui empêcheraient le service divin. "

Cet Art. ne fait que confirmer les dispositions de l'Art. 32 de l'Ord. de Blois en 1549, et de l'Art. 3 de l'Edit de Melun de 1580, (Voir Jousse, *Commentaire sur l'Edit* de 1695, *Art.* 16. Pour la Nouvelle-France, voir le Recueil des Ordonnances Synodales p. 6 No. 1, en 1698. Aussi Réglement du *Roi*, du 6 Juin 1723, 1er. Vol. Edits et Ord. p. 480.)

Aussi les Réglements faits par le 1er. Concile de la Province de Québec qui ne fit que reproduire l'usage antérieur relativement à la concession des bancs.

Question XIII.—Quels changements seraient-ils avantageux de demander ?

Réponse.—Le Dr. de Angelis, après examen du Code Civil, n'ayant pas jugé opportun de suggérer d'amendements relativement à la question qui nous occupe, nous ne croyons pas devoir en suggérer nous-mêmes.

Question XIV.— Quels désavantages y aurait-il à exiger la stricte exécution des règles ?

Réponse.—Ce serait peut-être de rompre l'union qui existe entre l'Eglise et l'Etat.

Question XV.—Y a-t-il empiètement du pouvoir Civil ?

Réponse.—Il n'apparait pas, puisque tout s'est réglé de gré à gré, et le plus souvent à la demande de l'autorité religieuse dans notre pays.